LA TRANSFIGURATION,
PAR RAPHAEL.

ODE.

Par Pierre LAMONTAGNE,

(DE LANGON),

Auteur de plusieurs poèmes dramatiques, poésies diverses, et ouvrages traduits de l'anglais, de l'académie des sciences et belles-lettres de Bordeaux.

> Et transfiguratus est ante eos. Et resplenduit facies ejus sicut sol : Vestimenta autem ejus facta sunt alba sicut nix.　*Matth.* 17. 2.

A PARIS,

Chez { l'Auteur, rue du Faubourg du Roule, n°. 68.
{ Hugelet, Editeur, rue des Fossés-St.-Jacques.

1818.

NOTICE

———

Ce chef-d'œuvre, qui efface tout ce que l'art a produit de plus admirable, a terminé la carrière de son illustre auteur, mort en 1520, âgé de 37 ans. Raphael travaillait encore à ce tableau, quand la mort le surprit. On exposa, à ses funérailles, cette peinture sublime, et l'admiration vint encore accroître la douleur.

Il fallait être aussi sûr de son pinceau que l'était un si grand peintre, pour oser traiter un sujet qui, d'abord, paraît au-dessus des moyens de la peinture. En composant cet ouvrage, Raphaël s'est élevé au-dessus de lui-même ; c'est tout dire. Cependant les maîtres, attachés trop scrupuleusement aux règles, blâmeront la composition où l'épisode est devenu le sujet principal ; je veux parler de la scène du jeune démoniaque qui occupe la plus grande partie du tableau, et celle qui est le plus rapprochée du spectateur. C'est ici qu'il faut dire, avec Boileau, qu'un génie heureusement inspiré apprend de l'art même à franchir les limites de l'art. Cette scène, où il n'y a rien de surnaturel, prêtait plus au talent du peintre. Raphael y a déployé toute la profondeur de son savoir et toute la magie de son pinceau. On y admire un trait de génie du compositeur qui, pour lier cet épisode à la scène supérieure, a représenté un disciple dont le bras tendu indique le sommet de la montagne, comme pour dire que son maître seul peut guérir ce possédé ; témoignage rendu à la divinité du Christ prouvée dans le même instant par sa transfiguration.

Le Mierre, dans son poème de la Peinture qui offre de grandes beautés, a parlé de ce tableau avec un enthousiasme poétique ; mais il paraît qu'il ne l'avait pas vu. Ce n'est point le soleil que le peintre a voulu représenter. L'art n'a pas de moyens pour approcher d'un ton de lumière de cette force. C'est cette clarté divine, aussi douce que brillante, que sainte-Thérèse décrit si bien dans le récit qu'elle fait de ses merveilleuses visions. J'ai tâché d'en donner une idée dans la 16e strophe de cette ode.

Lavater, qui voyait l'homme tout entier dans la courbure d'une des lignes de la face, dit que le visage du Christ serait sublime, s'il était plus ovale. Ce célèbre physionomiste aurait dû s'en rapporter à Raphael sur la manière de tracer un ovale selon le plan perspectif où il doit être vu. La vérité est que la face du Sauveur réunit à des traits angéliques une majesté vraiment divine. Sa figure est tout aérienne; son vêtement est non-seulement lumineux, il est pénétré de lumière, et semble devenu transparent.—Et pourtant c'est un corps fait de chair et d'os que le peintre a trouvé l'art de représenter dans cet état de gloire.

La seule critique que je me permettrai de hasarder, avec toute la défiance que doit avoir un homme qui n'est ni peintre ni dessinateur, est celle-ci. Le pied gauche du Christ, vu en raccourci, m'a toujours semblé produire un mauvais effet. C'est aux maîtres de l'art à apprécier cette observation. Si elle se trouvait juste, c'est que cette partie de la figure n'aurait pas reçu les dernières touches que l'auteur devait y mettre.

Ce superbe tableau est dans l'église de saint-Pierre, copié en mosaïque, manière d'éterniser la peinture autant qu'il est permis à la faiblesse humaine.

En voyant ce chef-d'œuvre, on ne peut s'empêcher de faire des réflexions douloureuses sur la mort prématurée de Raphael, enlevé aux arts à la fleur de son âge, lorsqu'il donnait des preuves d'un talent qui semblait ne plus connaître de bornes.

Le tombeau de ce grand peintre est au Panthéon. On connaît son épitaphe composée par le cardinal Bembo:

Hic situs est Raphaël timuit quo sospite vinci
Rerum magna parens , et moriente mori.

L'hyperbole qu'offre le premier vers est belle et poétique ; mais la pensée qui termine le second vers n'est fondée que sur un jeu de mots qui n'a aucune vérité. La Nature, *rerum magna parens* n'est pas cette vérité d'imitation que les peintres nomment *Nature*; et qu'on a pu craindre de voir périr avec Raphael.

Je hasarde le distique suivant, après celui du cardinal Bembo:

Plauderet huic certè in terris redivivus Apelles ;
Forsan et à magno posset Raphaele doceri.

LA TRANSFIGURATION,

Par Raphaël.

ODE.

Ce soleil, qui de la peinture
Avait ramené les beaux jours,
Brillant d'une clarté si pure,
Achevait son rapide cours.
Lorsqu'au milieu de sa carrière
Il resplendissait de lumière,
Ah! pouvait-on alors penser
Que la nuit, de ses voiles sombres
Sur son disque étendant les ombres,
Se préparait à l'éclipser?

De l'antiquité qu'il vénère
En dessinant tous les débris,
Raphael prend ce caractère
Qui de l'art lui donne le prix.
Pour tracer sa route hardie,
Il délivre enfin son génie

De l'école de Pérugin.
Toujours dans ses savantes veilles
Il ajoute un charme aux merveilles
Qu'on voit éclore sous sa main.

La beauté fragile et mortelle
Pour lui n'offre rien d'assez beau ;
C'est un invisible modèle
Qui semble guider son pinceau.
Des contours la forme élégante
Imite la flamme ondoyante
Sans blesser la correction.
Dans ses tableaux chaque figure
Par les grâces de la nature
Embellit son expression.

Observez de ses draperies
La décente simplicité ;
Les attitudes sont choisies
Par le goût et la vérité.
Un feu caché sous ces images
Anime tous ces personnages ;
L'œil trompé suit leur mouvement,
Et, dans ces poses si naïves,
Voit des nuances fugitives
De pensée et de sentiment.

Au terme fixé pour sa gloire
Bientôt Raphael va toucher ;
Mais à sa dernière victoire ,
Comme un géant, il doit marcher.
Lui-même il faut qu'il se surpasse ,
Qu'un chef-d'œuvre unique retrace
Le Christ rayonnant dans les airs ;
Et que la palme la plus belle ,
Sur le tombeau de cet Apelle ,
Fleurisse et brave les hivers.

La gratitude dont son âme
Ressent la brûlante chaleur ,
Vient encor, par sa vive flamme ,
Du talent exalter l'ardeur.
Sensible à la munificence
Dont le monarque de la France (1)
Honora ses nobles travaux ,
De l'art il veut qu'un phénomène
Embellisse, aux bords de la Seine ,
La demeure de ce héros.

Conduit par un vaste portique ,
J'entre dans le palais des arts.
Quels objets la sculpture antique
Offre à mes avides regards !

____

(1) François Ier.

Des monuments les plus célèbres
Arrachés du sein des ténèbres
On a décoré ce salon,
Où le grand peintre d'Ausonie,
L'œil brillant des feux du génie,
Présente les traits d'Apollon.

La toile devant lui placée
Reçoit ces touches que sa main,
Interprète de sa pensée,
Dépose avec un art divin.
Son talent est cette magie
Par qui la chaleur et la vie
Animent ces groupes divers ;
Et le pinceau qui les enfante
Est cette baguette puissante
Qui produit un autre univers.

Voici le mont de Galilée
Où du Christ, la première fois,
La gloire parut dévoilée
Aux disciples dont il fit choix.
Pour montrer sa grandeur suprême,
De son éclatant diadême
Le fils de Dieu se couronna.
Le Thabor tressaillit de crainte

Voyant cette majesté sainte
Dont la splendeur l'illumina.

Sur ce côteau , loin de la cime ,
Les apôtres sont rassemblés ;
C'est ici que d'un art sublime
Tous les secrets sont révélés.
Quel est cet enfant dont la rage
Décompose tout le visage ?
Voyez ses membres se roidir ;
Ses prunelles étincelantes
Qui de leurs orbites sanglantes
Déjà sont prêtes à sortir.

Quelle femme , offrant sa prière ,
Fixe nos regards attendris ?
Oui, c'est à genoux qu'une mère
Implore le salut d'un fils.
Ah ! quelle tendresse éloquente
De cette figure vivante
Anime toute l'action !
Admirez la chaleur divine ,
Et du contour qui la dessine
La sévère précision.

Mais d'une vigueur athlétique
Le père employant les efforts ,

Dans ses bras, de ce frénétique
Contient à peine les transports.
De rides son front se sillonne ;
Sur la foule qui l'environne,
Il jette un regard hébêté ;
Ce n'est pas la foi qui le guide,
Mais de sa nation stupide
La tremblante crédulité.

Quel grand spectacle nous appelle
Au sommet de ce mont fameux
Où, dans sa lumière éternelle,
Le Christ va s'offrir à nos yeux !
Le voilà, ce maître adorable ;
De notre argile périssable
Il se montre purifié.
Ce n'est plus une chair grossière ;
La forme a quitté la matière ;
Le mortel s'est déifié.

Avec quelles couleurs suaves
Se présente à nos yeux ravis
L'homme-Dieu, libre des entraves
Qui tenaient ses pas asservis !
Le trône du céleste empire,
Tel qu'un aimant vainqueur, l'attire

Au sein de la divinité:
Des plus doux rayons de l'aurore
Le nuage qui se colore
N'a pas cette légèreté.

Il monte à la voûte azurée
Avec un doux balancement,
Et sur une flamme éthérée
On voit flotter son vêtement.
Sur son front la douceur est peinte ;
Tous ses traits nous offrent l'empreinte
Des vertus qu'exigent ses loix:
Il semble, les mains étendues,
Préluder, au milieu des nues,
Au sacrifice de la croix.

La lumière mystérieuse
Dont l'éclat vient le revêtir,
N'est pas la splendeur radieuse
Que nos yeux ne peuvent souffrir.
C'est la lumière sainte et pure,
Des anges douce nourriture,
Et dont, au grand jour solennel,
Par un chaste amour éprouvées,
Les âmes seront abreuvées
En présence de l'Eternel.

Du talent ainsi la puissance,
Sur le Tibre, au peuple romain
Fait voir le Dieu dont la présence
Honora les bords du Jourdain.
O sublime et fidèle image !
Le peintre seul à son ouvrage
Voit ce qu'il pourrait ajouter,
Lorsque le regard du vulgaire,
Ebloui du jour qui l'éclaire,
Plus loin ne saurait se porter.

L'oiseau de Pallas sur ce dôme
D'accents plaintifs remplit les airs ;
Ses cris annoncent le fantôme
Dont la faux peuple les enfers.
La terre tremble, elle s'entr'ouvre ;
Un jour pâle à mes yeux découvre
De l'Achéron les bords affreux.
Près de ces redoutables rives
Je vois les Parques attentives
A filer nos jours malheureux.

Sous une étoile fortunée
Le fuseau formait dans leurs mains,
Ce fil d'or, que la destinée
Réserve pour quelques humains.

Mais à son office barbare
Atropos déjà se prépare,
Et soudain, par ce coup fatal,
Voyant leur flambeau disparaître,
Les beaux arts demeurent sans maître,
Et la nature sans rival.

De l'Imprimerie de C.-F. PATRIS, rue de la Colombe,
Quai de la Cité, n°. 4.